双子

奥山紗英

七月堂

目次

双子

双子

私たちは双子です
私は白線の上を歩ける方、あなたは歩けない方、
と仮定しましょう。
私は白線の上を歩ける方、
なので食事が伊勢海老であり、街の金貨を拾い、草食の熊に声をかけられ、人魚の鱗を食べられるのである。
あなたは白線の上を歩けない方、
なので食事がかぼちゃの種であり、林の枝を拾い、肉食の熊に怯えて過ごし、宇宙人と交信するしかないのである。
私が不老不死になって、蜂蜜を分けてもらって、絹織物を身にまとい、ふくよかな体型なの

は、白線の上を歩ける方だからだ。

あなたが不明瞭な言葉を受け取り、噛まれた足を引きずりながら、指がささくれだって、痩せ細っているのは、白線の上を歩けない方だからだ。

立場を逆にしてみましょう。

あなたは白線の上を歩ける方、私は歩けない方、と仮定しましょう。

白線の上を歩けるようになったあなたは、白線の上を歩けなかった頃のあなたを忘れていて、その上を歩けることをほぼ自分の力によるものだと考えている。あなたは毎日伊勢海老を食べ、金貨を退屈そうに数え、熊の態度に対して文句を言い、人魚の鱗をまずそうに吐き出す。あなたは白線の上を歩いていることに対し一種の誇りを感じているが、潜在意識に私と入れ替わったことが残っているのか、時折そうした毎日に気まずさを感じている。あなたはその気まずさを気まずさだと認知していないかもしれない。その気まずさは遠く離れた私に対する気まずさのはずなのだが、あなたは私の存在を知らないわけだから、ただその気まずさを、自分の前に問題なく広がる白線への物足りなさだと感じている。あなたは白線の上を歩けていることに対して誇りを持っている一方で、劣等感や敗北感のようなものを感じていることだろう。あなたがそんなものを感じる必要なんてないのに、どうしても感じてしまうのは、宇宙人の湿った声や、ぱっくり開いた赤い傷のかたち、冷たい枝の手ざわり、手のひらに乗った種の色をまだ完全には忘れていないからだと、私は思っている。

SEX

先生！
セックスが！！　したいです！！
子供を！！　作りたいです！！
エッチ、スケッチワンタッチ
キスがＢならＣは何
手繋ぎキスしてその先に
一線越えるて何するの
どうして答えてくれないの
皆がやってることなのに
皆が！！　やってる！！　こと！　なのに！

口に出したら怒られる
誰かに見せても怒られる
性欲に満ちた不倫カップルの会話を聞いてキモいと嘲り拡散していくけどお前は小学四年生の時いつもは通らない河川敷でたまたまエロ本を見つけて持って帰って家の庭の植木鉢の下に隠して定期的に見て下腹部に火照りを感じていたんじゃないのか？
「セックスしたって男女の関係は変わらないよ」とサイゼリヤで意味ありげに笑いながら自分の胸元が性交する相手を惹きつけるのにうってつけだと、意味ありげな微笑みが男を、ペニスを、惹きつけるのにうってつけだと、それでいながらそれが全てではないと分かっている自分の経験値の高さイイ女度にうっとり酔いしれているのだろう？
セックス（生殖行為）
せっくす？（小学生）
セックス！（大学生）
節句巣（誤変換）
セックす（性に目覚めた子どもの検索履歴）
SEX（洋画および洋楽）

セックス（とジェンダー、学術的に）
デリケート・ゾーンにデリケート・スティックを入れてしまおう

（賢者タイム）

SEX

先生――
セックスが――したいです――
子供を――作りたいです――
エッチ、スケッチワンタッチ
キスがBならCは何
手繋ぎキスしてその先に
一線越えるて何するの
どうして答えてくれないの
皆がやってることなのに
皆が――やってる――こと――なのに――

中に出したら怒られる
誰かに見せても怒られる
性欲に満ちた不倫カップルの会話を聞いてキモいと嘲り拡散していくけどお前は小学四年生の時いつもは通らない河川敷でたまたまエロ本を見つけて持って帰って家の庭の植木鉢の下に隠して定期的に見て下腹部に火照りを感じていたんじゃないのか？
「セックスしたって男女の関係は変わらないよ」とサイゼリヤで意味ありげに笑いながら自分の胸元が性交する相手を惹きつけるのにうってつけだと、意味ありげな微笑みが男を、ペニスを、惹きつけるのにうってつけだと、それでいながらそれが全てではないと分かっている自分の経験値の高さイイ女度にうっとり酔いしれているのだろう？
セックス（生殖行為）
せっくすっ（小学生）
セックス！（大学生）
節句巣（誤変換）
セックすー（性に目覚めた子どもの検索履歴）
SEX（洋画および洋楽）

セックス（とジェンダー、学術的に）

デリケート・ゾーンにデリケート・スティックを入れてしまおう

感謝

私のお鼻は上京したばかりで関東大震災に遭い子だくさんになってからシベリアに抑留され
晩年に短歌を始めたお祖父さんから譲り受けたものだ。
鼻梁はほぼなく、横に長い。鼻水が凍らずに済むだろう。
私の眉毛は豪農に生まれ五人姉弟の長女噴火する二日前に桜島に登り生涯で三度離婚したお
祖母さんから譲り受けたものだ。
眉山が四角く、意思が強い。別れ話を切り出すのに最適だ。
私の脚は東京生まれ東京育ち女学校を卒業し警視庁の夫を海南島で失い祖母を手酷く躾けた
曽祖母から譲り受けたものだ。
脹脛から下が太く短く、正座するのにぴったり。
私の黒子は荷馬車で生計立て子どもたちを乗せ回って喜ばせやがて老耄になり近所を徘徊し

た曽祖父から譲り受けたものだ。
口元の大きな黒子、厳めしい顔を和らげて親しみやすい。
ありがとう、お祖父さん、お祖母さん、曽祖母さん、曽祖父さん。
私は鼻を整形し、眉毛を剃り、ヒールを履き、黒子を取る。

よくある感じ

たまたま路地裏で少年を解体しているところをお前に見られてしまって私は動揺してしまった。お前は本当に嫌そうな（今まで見たことがないほど眉をひそめて）顔をして私の前を通り過ぎる間鼻をつまんで息を潜めていた。私は何しろ新米のやまんばであったのでそんなお前を追いかけて、獲って食うことが咄嗟にできず（ぼろぼろになるくらいマニュアルを読み込んでいたとしても、いざことが起こったときはその通りの行動ができないものである）先ほどまで新しい藁靴を編み終えたばかりのような幸福を味わっていたというのに頭からどんこび川の水を浴びせられたかのように冷静になってしまった。私は何とかしてお前を探し出し、口止め（これは最低限で、できれば口封じして狸と一緒に煮てしまいたいのである）しようと考えた。お前は簡単に見つかった。私が住んでいる路地裏のすぐ近くのこれまた路地裏で少女を解体していたのである。私はかつてお前が私を目撃した時と全く同じような目でお前を見た。いやさらにひどい目で見た。なぜなら私は恍惚とした目で愛着を持ちながら少年を丁寧に解体していくというのにお前はただ淡々と、事務的に少女を解体していたからだ。ヤマメを捌くようにお前が少女を捌くから、私はすっかりドン引きしてしまったのである。私は鼻をつまみながらお前に近づくと、めいっぱい嫌そうな顔をして（眉がこれ以上ないほど引きつった）尋ねた。お前は私を嫌そうな目で見たが、お前も一緒じゃないか。しかもお前はもっとひどい。醜くて、気持ち悪い。お前（少女を解体しているということは山男だろう）は涼しい顔で私にこう言ってのけた。お前の「あれ」は気持ち悪いかもしれないが、俺の「これ」は気持ち悪くない。お前が「これ」を気持ち悪いと思うのは、お前が勝手に俺の「これ」とお前の「あれ」を一緒にしてるからだろう。よく見てみろ、俺が捌いているものを。そう言われて臓物が飛び出しているだろう少女を嫌々ながら見てみると、どっこい臓物が飛び出しているカエルだった。お前は山男ではなかった、私の勘違いだった。自分の勘違いに気づき猛烈に恥ずかしくなった私はその場でお前を狩るとカエルと一緒に煮て食べた。

青い花

目鼻口の配置はやかましく言われるが
どれも土に埋めると綺麗な青い花が咲く
目の花鼻の花口の花
目の花は
一番目立つところに生えていたので
真面目な子どもが
母親のところに持っていった
鼻の花は
くぼんだところに生えていたので
わんぱくな子どもが

飛び降りて摘んだ
口の花は
しおれたようになっていたが
気の弱い子どもが
少しずつ水をやっていた
他にも
鎖骨の花へその花大腿の花
膝の花などがあり
無数に物語が存在する
135 年後に
青い花を咲かせる私の体は
満員電車に揺られ
毛を剃られ
草花を適当に踏みつけながら
暮らしている

愛

全て指定のものを身につけていれば
天国に行ける
そういう宗教でした
母に言わせれば
他の女の子は地獄行き
私も同じく
そう思っていました
悪だと思っていたものが
実は善だったり
善だと思っていたものが

実は悪だったりすることを
私は知るのがあまりにも遅すぎた
毎月野菜ジュースが送られてくるから
写真をスワイプする勇気が出ない

この前コインランドリーで下着を盗まれたんだけど、
なんだかそれが嬉しくて。友達には怒られた。警察に通報しよって言われた。
でも自分の身につけてるものが盗まれるだけの価値があるって証明されたのがすごく嬉しくて。それ以来あたし、ベランダに下着ばっかり干しています。白白白白。どれも生乾きで黴が生えている。

こんな家、別に好きじゃないと大人ぶるベッドで。
見たくないものは埋没させよう、
ボトボトとこぼれ落ちてくる前に。
掃除機で丸ごと吸引して、

ゴボゴボと浴槽の水を飲んで、
泣いてしまうような日あるよね。
家具の配置だけは変えられないけど、
末広がりの幸せは願わせて。
良いLINEの返し方、教えてよ。
だってきみはプロ、手練れじゃん。
エライねって言い張っても何も出ないよ笑。

私たちの生きている社会は、購買欲と、互いに好都合な交換という考え方のうえに立っている。現代人の楽しみとは、ワクワクしながらショーウインドウをながめたり、現金であれ月賦であれ、買えるだけの物はなんでも買うことである。誰もがそれと同じような眼で人間を見ている。男にとっての魅力的な女性、あるいは女にとっての魅力的な男性は、自分が探している掘り出し物なのだ。ふつう「魅力的」という言葉は、人間の市場で人気があり、みんなが欲しがるような性質を、一包みに詰め合わせたものを意味している。

もうすぐ閉店の時間なんで、そろそろお会計してもらってよろしいですか？

白パンツにリクルートスーツですね。分かりました。本当にそれだけでよろしかったですか？

伝票から漏れているものはありませんか？　その伝票を母親に見せられますか？　五円のお釣りになります。レシートはいらないので、捨てておきますね。

※エーリッヒ・フロム著、鈴木晶訳（2014）「新訳版 愛するということ」から引用しています。

鐘

鐘が十二時になるわけ。
ちょうど半分、なわけ。
時計台の前でへたり込んでるのは私、なわけ。
お酒を飲んだみたいに動けない、わけ。
鳴らされる前に、鳴らそう、と思ってたのに、
鳴っている音をこうやって、聴いている自分に、
耐えられなくて、へたり込んでいる、というのは嘘で、
いつかこうなることを予見していて諦観していて最初から、
赤ん坊の時から石畳にべたっと這って、日光から、雨風から、逃げるのが下手で、
他の人が歩いていくのを指くわえて眺めて、時計台の中で死ぬほどの決闘が行われているの

を何となく察知して、そこに加わる勇気がなくて、気力もいつしかなくなって、平坦な石畳に寝転んでいると、体がどんどん冷たくなっていく。

十二時に鳴りました。あと半分です。いや、半分じゃないかもしれない。もしかしたらこれは三分の一で、私が今まで寝転んでいた時間は三分の一、しかなくて、ここからの三分の二も冷たい、へたり込んだ、時間が続く、予感がしていて、それが恐ろしいので時計台の横の木まで歩いて行って、ロープをかけて、死んだフリして次の鐘の音に殺されて、そんな勇気も出なくて、やっぱりへたり込んでいるのが私には合ってる、などと隣の女と軽口を叩く、急激に胸が苦しくなってきて、鐘を鳴らしたいくせに何嘘を言ってるんだと、何つまらない偽りを言ってるんだと自分に怒りが湧いてきて、立ち上がって何度も杖で石畳を叩きます。叩き割れ、叩き割れ、痺れるような感触が手首まで登ってきて、生きてる感じがする、というこの実感も本当は嘘で、幽体離脱した私が立ち上がっているだけで、本当の私はやっぱり石畳にへたり込んでいて冷たい、死体のようだけど生きている。

レプリカ

街の生活振興センターに
置いてあった
レプリカの型
確かに人型をしていたが
手足は短く頭は丸すぎて
普通には身体が入りそうにない
膝を折り曲げて股下を調節し
手を折り曲げて指を一本ずつ合わせて
頭に食い込む紙の痛さに耐えて
何とかレプリカにはまった

街の生活振興センターの職員さんは
わあ偉いねちゃんとはまれて、
と私を褒めた
街の生活振興センターでは
毎年置かれているレプリカが変わる
去年はもう少し股下が長く
手は長く頭は大きかったようだ
来年はもっと股下が短く
手は短く頭が小さくなりそうだという
使わなくなったレプリカは
街のゴミ収集センターに
毎年運ばれていくという
規定年齢に達した私は
本物の型にはまりにいく
本物の型は鉄で出来ていて

レプリカの型よりずっとかたい
私は深呼吸して
型の中に入り込む
股下が短く足を切り落とす必要がある
手も短く切り落とす必要がある
指は四本に切り落とす必要がある
頭が大きいので削る必要がある
多くの工程を重ねて私はやっと型にはまった
審査員たちはそれでもまだ隙間がある、
と私を叱った

母になります

売り物のマシュマロを指で押しちゃうけど
母になります
心は低反発でいつも凹んでいる
粉々になった眼鏡をお守りみたいにして
逃げ込んだ先には
小さな猫がいて
優しく頬をなめてくれる
赤い竜巻に巻き込まれてケガをする
「人魚姫はいつまでも幸せな泡でした」

（就寝）

大きなアリの巣を足で壊しちゃうけど
母になります
厚い脂肪が肋骨をくるんでいる
クラシックを聴いているといつも眠くなって
レコードを止めたら
男の人が二人いて
愛し合っている
お腹で雷が鳴ってその場にうずくまる
「攻め込まれなかった城に価値はあるのか」

（就寝）

お祝いでもらった花を枯らしちゃうけど

母になります
透明なコーティングは少しずつ剝がれている
編み物をしているとチョコが食べられなくて
冷蔵庫を開けたら
嫌いなはずの人参が
ぎっしりと詰まっている
あるだけのものを袋に詰めていく
「君が何を言っているか分からないよ」

ぬいぐるみたちは私を囲んで見守っていて、今か今かと気がはやる思いで、待ち構えているので、まだまだこれからよ、長く続くよ、と微笑んで、脂汗の伝うこめかみを拭う、確かに感じるのは、尾びれが完成する前の人魚姫、積みかけの石垣、小さな囁き。小さな囁きを遮るのは敵、口にするのもためらわれるくらいおぞましいことをしようとしてくるので、力を振り絞って大声を出して追い払う。猫のぬいぐるみは枕元で大事そうに裕介の写真を持っている、王子、兵士、記憶喪失の男。映画みたいにフィルムが流れていき、私の意識は遠のいていく。

念入りに手を洗う

吐き出したため息を全て
大事に瓶の中に詰めている
電気のつけ忘れには敏感なのに
自分の好きなものは忘れ
ひたすらレシピ本を捲る
乾燥した部屋が嫌いだから
定期的に泣いて湿度を上げるが
どうして涙が出るのかは分からない
ぼやけた眼球は勲章だから
レーシックなんてしないのだと

誇らしげに言い聞かせてみせる
自分のミニチュアが憎く
たまにその写真に傷をつける
自分の写真にも傷がついていることに
気がつくのは十年後
柔らかく握られたことより
固く握りしめたことをよく覚えている
布団を敷かずに寝ていると
子どもの頃の夢を見る
母親は右手で私を叩き
左手で家事をした
目が覚めると必ず右手が痺れている
左手は包丁の切り傷だらけだ
擦り寄ってきた猫をなだめると
しみのある顔を舐めてきた

こども家庭庁

脂肪のまとわりついた緩慢な歌が
少しずつみみちゃんをころしていく
キッチンは消毒液のつんとした匂いで
油ぎった換気扇を回してなんとかする
ソファに寝転ぶと赤茶けた髪が落ちていて
みみちゃんの黒い髪とおんなじ細さをしている

ベージュ色のとっくりセーターを覚えている
ぎこちなく頭をなでてきた手
やがて作り出された低くのろのろした歌

ユニットバスのトイレには入れないので
みみちゃんはベランダに出て
お酒入りのチョコをこっそり食べる
洗濯物が出たままになっていたから
少しずつ中へ取り込んでいく
はだしで踏んだのはタバコの吸殻で
顔をしかめて指でつまみあげる
向かいのマンションの部屋たちは
全部真っ暗になっていて
みみちゃんの部屋だけ仲間はずれみたい
お隣はどうかと首を伸ばしてみるけど
目隠しがされていて見えない

毎日ちゃんと歯を磨きましょう
保健室の先生が言っていた

みみちゃんはキッチンでうがいをする
ユニットバスの洗面所には入れない
仲間はずれの子ども用歯ブラシ
くたくたのパジャマに着替えると
明日食べるメロンパンのことを考える
しにかけたみみちゃんは
少しずつ夢の中へ帰っていく

宣戦布告

答えを知っているのは
遠い島のお母さんだけ
電話は繋がってないので
紙飛行機を飛ばします
どこに色をつけるんだったっけ
返事を待っている間
とりあえず顔料を混ぜておく
青い顔料がトレンドだが
高価で手に入らないので
安価なパチモンを買う

鮮明すぎる青さ
乳首に塗ると
成熟した女の証
赤子がかぶりつかないよう
乳輪まで丁寧に塗る
お母さんは知らない
彼女の時代にはなかったから
顔料が乾いたところで
紙飛行機の返信が届く
ジャングルは豪雨だったようで
青いインクは溶けて滲んでいる
爪に色をつけなさい
頬につけるのはやめなさい
瞳にはつけなくていいけれど
つけた方が生きるのラクになるよ

爪に色をつけると
引っかいた時に証拠が残る
頬につけると
表情が分かりやすくなる
瞳につけると
見えなくなるものがある
お母さんの言うことはもっともだと
思うけれども
爪に色をつけずに
頬に色をつけて
瞳に色をつけずに
青い胸を晒しながら
ジャングルから遠い、
雨の降らない、
北の方へと向かっていく

甘くておいしいよ

窓の外ではあじさいが濡れていて
青が濃くなってまるで私みたい
月に一度のお出かけはもう終わって
お祈りしにくる人を見つめ返すだけ
みんな私を眩しそうに見つめるが
私にはみんなの方が眩しい
何かを信じるというまっすぐな姿勢が
神に生まれついた私には欠落している
病気の孫を心配するおばあさん
試験の結果を気にする男の子

結婚の許しをもらえないカップル
同じ工場で生産された商品のように
全く同じ瞳をして私を見通す
神どころか自分を信じていない私は
その瞳にいつも気圧される
乾燥したこの地域で
ずっと恵みの雨が降っているのは
私のおかげなのだと
教会の人がお供えを持ってくる
お米とフルーツと小さな砂糖菓子だ
砂糖菓子を見て思わず嬉しくなると
その様子をお付きの男の子が見ていた
彼は確か私と同い年だった
目が大きくて
人懐っこそうな男の子だ

見られていたのと
人前で表情を変えてしまったのが
恥ずかしく
男の子の方をできるだけ見ないように
座っているが
どうも表情をうまく保てない
教会の人と男の子が立ち去ったので
やっとベールを取り
盆の上の砂糖菓子をつまむと
雨が降っている
空が一日中暗くなり
時間の感覚が分からなくなる
雨の日は嫌いだ
お祈りしにくる人は
みんな喜んでくれるけど

私の力なんて
関わっていないのだと
私は知っている
座ったまま眠りこけていると
白い朝が来ていた
小さく雨が降っていて
窓がコンコンと小さく叩かれた
覗いてきたのはあの男の子だった
思わずベールを深く被りなおすと
これ、君食べたことないでしょと
つるつると光った黄色の塊を差し出す
何これと
思わず言いつけを破って声を出すと
そんな声なんだと笑われ
ベールが落ちないように俯く

甘くておいしいよと
男の子は言い
その粒を
私の手のひらに乗せてくれた
見つめた瞳は
見たことのない瞳である

風邪を引いた日

鶏肉を小さく切りながら
かいちゃんは
義務じゃなくて
必要だから覚えたんだと
強調するが
そんなこと言わされるのが
恨めしくて
いがらっぽい喉で
ありがとうと
声高に叫んでみる

洗ったご飯を
水の入った鍋に
投入し
この鍋小さいわと
文句を言いながら
手際よくネギを刻む
私たちは同じ時期に
ピンクが嫌いになり
同じ時期に
黒が大好きになった
黒は武装の色なのだと
かいちゃんは言い
黒はただの黒だよと
私は反論したが
本当は私も

武装の色だと思っていて
かいちゃんの言うことは
いつも正しいけど
ちょっと悲しくなるから
できたよと
差し出された雑炊を
熱い熱いと
おどけて笑って
ちゃんと冷ましたでしょと
かいちゃんはつられて笑い
そのピンクのスウェットいいねと
目ざとく褒めてくる
かいちゃんの方が似合うよと言うと
そんな言い方やめやめと
黒いジャージで

メガネを拭いた
十二年前
割れていたメガネは
頑丈なものに取り替えられ
携帯の画面は
割れたまま
乾いた指先が触れている

ナマリ

築六十年の実家はナマリに囲まれていて、道行く中学生の「今日の宿題なんけー」という会話を吸収しているため、いつも柔らかく傾いていた。母親が歩くとぐらつき、父親が屋根を工事しようもんなら、ぐわんぐわん揺れた。ナマリで心配する私に、父親は「大丈夫だがー」とナマリで返すため、ぐわんぐわんとまた屋根は揺れた。

家のものは全員ナマリで、父親、母親、祖母、兄、だけでなく、鍋敷き、冷蔵庫、炊飯器、洗濯機、テーブル、カーペット、あらゆるものがナマリだった。テレビはいかにもナマリに見えるが、実はそうではなくて、ナマリじゃないくせに、我々ナマリに媚びるようにナマリのフリをしていた。ナマリ、という柔らかく歪んだものとテレビは、本当は相容れなくて、相容れないのに、ナマリを表面にチョチョチョイと塗っていて、その見せかけはすぐに我々にばれ、「あれはおかしいがねー」とナマリをもって一笑に付されるのだった。テレビの他には、豆腐売りがナマリを騙っていて、夕方になると「おかべはいらんどかーい」と野太い男の声が鳴っていた。

生徒たちはマイクを持つといっそうナマリになり、どれだけ柔らかいナマリになれるか、というのを意識して競っているかのようだった。私は、自分だけは絶対にナマリになるまいと思うのに、いざ自分がマイクを持つと、さっき喋っていた彼よりいっそう柔らかいナマリとなる自分に気付くのだった。

修学旅行に行った日、ナマリたちは自身の存在に気付くと思いきや、ほぼ気付かず、それでも何となく、何もかもが歪まず、固く、真っ直ぐな街に拭いきれない警戒心と違和感を持ちながら、観光を楽しんだ。我々が歩いた街はどこもかしこもテレビだ。テレビといっても、ナマリを騙るどころか、最初からこちらにおもねる気は全くない、硬質で整然としたテレビであり、たまに映り込む別世界の方である。「こんな場所ないがー」とみんなで一笑に付していた場所は、実はちゃんと存在していて、どうやら私たちナマリの方が、こちらでは、ないもののようであり、私は二日目から具合が悪くなり始めた。

引っ越してきた場所は、どうしようもなく硬いところで、真っ直ぐに続く坂道を、毎日登ったり降りたり繰り返すと、少しずつ私の表面を覆っていたナマリがざりざりと剝がれ落ちていってしまった。現地の人だと思われるたびに、私は硬いベッドで考え込み、その様子はテレビで放映されるのだった。

たまには会いに来てください

高速道路を走っていると、首に札を下げた子どもたちが並んでいる。車は猛スピードで走るので、子どもたちの顔は残像になってはっきりとは見えない。見えないのだけれど、その中に自分の顔があったような気がして、目をこする。

子どもたちだと思ったのはヤシの木だった。どうやら立たせていてもしかたないからヤシの木に変えられたらしい。ヤシの木は県境に立っていて、北から来た客を並んで出迎える。北から来た客はこれが南か、と思う。「これが南です」。子どもたちだったヤシの木は最新の注意を払って思う。気をつけないと、また先生に怒られるよ。

台風が来る。ヤシの木は強風をもろに受け、高い頭を危なっかしく揺らす。叩かれた時の脳震盪に似たような感覚がヤシの木を襲う。ここは海沿いだから毎回台風が来る。背の高い私たちはそれにいつも怯えている。ここに並ぶヤシに変えられたのも罰だったんだ、と思う。

何十年後のテレビでは、何重にも札を下げた人がラーメンを食べている。テレビに出るためにはできるだけたくさんの札を下げなければならない。昔の粗末なものと違って、首の紐はカラフルで全十種類。札も木製ではなくプラスチック製で、涼しげなクリアカラーは夏におすすめです。

何十年後の子どもたちは、服に木の破片をたくさんつけている。あまりにも細かい破片なので、彼らは全く気づいていない。彼らの曽祖父母はヤシの木になっているので、墓参りの代わりに道路沿いを見にいく。私もそこにいるので、たまには会いに来てください。

富子岬

君は私のことを君と呼んでいたから
私が君のことを君と呼ぶのはなんでか
やっちゃいけないことのような気がするんだけど
あなたと呼ぶのも気持ち悪いし
あんたと言うほど憎んでないので
同じように君と呼ぶことにしたい
私には名前がなかったが
君には名前があり
その名前を呼ぶ権利は私にはなく
君は私に好き勝手名前をつけて

その時々で気まぐれに呼んでいた
みかんと呼ばれればみかんだし
優香と呼ばれれば優香だし
ルーシーと呼ばれればルーシーなのである
最初は一緒に入水して
君は悲しそうな顔をして私を見つめ
富子とか呼んできて
いつものように頷いて
反射で手を握ってみたのだが
いつのまにかその手は解かれていて
驚いて強く引っ掻いて
あふれた血を
君が海岸の岩の上で
苦しげに啜る姿が
思い浮かぶような気もしてくる

気もしてくる、というのは
君のことを考えるよう
私が自分に強いているからで
水の底に沈んだ富子は
海の藻屑となり
泡となり
富子岬と名前が付けられたりしたらしいが
私は海上をしばらく漂った後救助され
富子以外の名前を名乗り
現在働いている

眼のある風景

一瞬、画面が暗くなると
無表情な女性同士が見つめ合いギョッとする
見ないでくれと
不機嫌に女性が言い
不意に泣き始め
私だって
好きで見てるんじゃないと
言い返すが
いつの間にか
涙が出ている

泣いてる場合なら
早く見るのをやめてよと
すっぴんで
顔をくしゃくしゃにした女性は
なおも泣き続け
私もさらに強く泣いてしまう
その様子に
音楽が付けられて
ドキュメンタリーとして放映される
一部の視聴者が
これは映画にした方がいいと言い
放送局と映画会社の手によってその意見が叶えられる
私は出演者として試写会に呼ばれ
映画が始まる
無表情な彼女の顔と

その次に私の顔が
大写しになった
みんなスクリーンを見ているのかと思ったら
振り返って私の方を見ていて
どうやら私が泣くのを
待っているらしい
そんなことはできないと
勇気を出して言うと
もっと訛ってみてくださいと
監督が言う
ちょうどこの映画のあなたが
泣くシーンで自然に訛ったように
スクリーンには画家が写っていて
何度も兵隊を描き直している
そのシーンと私の泣いている顔が

交互に映し出されているが
私はその画家の名前を知らない
描かれていた絵は美術館に運ばれ
被さっていた白い布が取られる
大写しになった絵は
こちらを見つめ返していて
観客は黙り込む

※靉光「眼のある風景」(1938)を元に書きました。

エコタウン

作業をしていると
胸当てが邪魔だったので
捨ててしまった
その様子を縁側から
おばあちゃんが見ていて
眉をひそめた
胸は飾るものだよ
それならと
チョークで胸に
大好きな花の絵を描いたら

そういうことじゃない
余計に怒られる
私の硬い肌は
絵を描くのに適切なキャンバスだ
今のあなたを見たら
ご先祖様が何と言うか
おばあちゃんは
仰々しい胸当てをつけて
古風な腰布を巻いて
顔を何度も点滅させる
おばあちゃんの腰布は
そのまたおばあちゃんから
受け継いだもので
その頃は
もっと布を被っていたという

お隣のアビちゃんを見なさい
ちゃんと一日三回
忘れずにトイレの部屋に行くし
胸当ても毎日変えているし
腰布まで巻いて
最近の若い子には珍しい
感心な子だ
説教されながら
ご先祖様の写真を見せられる
透き通った白い肌が
おばあちゃんの硬い体に押されて
驚くほど柔らかく凹んでいる
おばあちゃんは意味もなく
ピンクの布に包まれ
顔を小さく光らせている

私そのもの

近所を散歩していると
私にそっくりな人が
向こう側から歩いてきたため
思わず呼び止めそうになった
その人は
私より長く髪を伸ばしていて
爪を黄色く塗っていて
水色のジーンズを履いていた
歩き方も
音楽を聴いている耳も

うつむいた顔も
私そのもので
まじまじと見ているうちに
通り過ぎていってしまう
黒髪はちょっといい匂いがして
私のシャンプーの匂いと同じだった
帰ってからふと思いついて
鏡の前に立って自分を点検した
肩くらいの髪に
右頬にあるほくろ
爪には何も塗っていなくて
紺色のワンピースが似合っている
私は確かに私なのだと思っていると
呼び鈴が鳴った
慌てて玄関に出ると

白いスニーカーを履いて
茶色のシャツを着ていたのは
確かに京ちゃんだった
親しげに話す京ちゃんは
裏側が真っ白で
うなじから背中にかけて
罫線が印刷されていた
そこには文字が小さく書かれていて
よく見ると私の右上がりの字だ
その背中を軽く押すと
京ちゃんは
ドアから吹き込んだ風に
勢いよく飛んでいってしまった
それを追って廊下に飛び出すと
髪の長い私が目の前に立っていた

私は悲しそうな私に見守られながら
薄い体をしならせ
風に乗って飛んでいった

焚き火

男が焚き火をしていた
揺れる火の前に立って
アルミホイルに包まれた焼き芋を頬張っていた
美味しそうですね
声をかけると
美味しいですよ
くぐもった声で返ってきた
良かったら食べませんか
繊維のしっかりした焼き芋は
黄色がとても美味しそうだった

赤くなっている炭をつつくと
紙を丸めたものだったことが分かった
男がいなくなった後
私はひとかたまりの炭を
注意深く自分の方へ転がした
まだ完全に炭にはなっていなくて
書かれていたらしい文字が見える
手で拾い上げると
炭はくしゃくしゃの紙に戻っていた
くしゃくしゃの紙を
ほぐし
広げると
人の形になった
びっしりと細かい文字が書かれていて
読む気になれない

手の部分を撫でると
私の手と同じ大きさになり
足の部分を撫でると
私の足と同じ大きさになり
胴の部分を撫でると
私の胴と同じ大きさになった
そのまま頭も大きくなり
私とほとんど同じ大きさの紙になった
紙は私の手から離れ
よろよろと立ち
こちらにおじぎをした
私もおじぎを返すと
くるりと踵を返して
すたすたと歩いて行ってしまった
びっしり文字が書かれている背中は

女のものだった

先っちょ

今から洗おうとしているパンツに
袋にまとめたペットボトルに
手の届く範囲の背中に
それぞれ書きたいと思ったことを書いて
水に浸けたり
強く潰してねじったり
痒いので掻いたり
そうして安心してとりあえず寝てみる
水に浸けた文字は消えて
ねじった文字は読めなくなり

背中の文字は上手く書けなかった
冷たく荒れた手は
鋭いプラスチックで切れてしまい
何度も背中を掻いて
ペンをとるのを諦める
ひらがなや
九九や
世界の地名や
化学実験の結果を
いくつも書いたペンは
インクが有り余ったまま
先っちょが乾いてしまった

辞書を残す人

書く人であり
悩む人
演説をする人であり
レコードを買い漁る人
森の中から出てきた人
森を出て行った人

森を出て行った人であり
勉強する人
目指す人であり

断念する人
何かを書く人
下宿で書く人

下宿で書く人であり
囲まれた人
悩まざるを得なくて
悩む人
何も知らない人
誰よりも読もうとする人

誰よりも読もうとする人であり
若者である人
途切れる人
暗闇が途切れた人

これまで光がなかったのだと
気付かされる人

気付かされる人であり
共に生きる人
肩車する人
手を繋ぐ人
レコードを買い漁る人
仕事をする人

仕事をする人であり
森に帰る人
一方で家族といる人
引き裂かれる人
引き裂かれながら書く人

引き裂かれた上に重ねる人
引き裂かれた上に重ねる人
訪問をする人
演説をする人であり
迎えに行く人
プールに入る人
二人で泳ぐ人

二人で泳ぐ人であり
書き続ける人
食堂にいる人
書庫にいる人
書くのをやめる人
読むのはやめない人

読むのはやめない人であり
勉強する人
知らせを聞く人
書きたいと思った人
書かないこともある人
書き続ける人

書き続ける人であり
書かずにはいられない人
読まずにもいられない人
全てをやめて
森に帰る人
辞書を残す人

※「群像」2023年5月号にて大江健三郎さんの追悼特集で掲載されたものを加筆修正しました。

小指の花

指の一本一本の太さを
じっくりと測られるのは
誰だって嫌である
お父さんが毎日毎日
その日に合う指輪を選んで
つけてくれるという
私も小さい頃そういう経験があったので
彼女の話に共感し
寄り添いたいと思う
フライパンから油が跳ねて

私の小指を火傷させた
小指は溶けてなくなり
細い茎になった
そこから摘んだ花を
彼女にあげるべく
メッセージを書いた紙で小さく巻いて
赤いリボンで縛った
放課後のゴミ箱に
私の花と
赤いリボンが捨てられていた
悲しかったが
小指の花はまた咲き
摘まないでいると順調に伸びていった
指と同じくらい太くなった茎に
インクをつけて書いたのが

この詩である

インカレポエトリ叢書XVIII

双子

二〇二三年四月二八日　発行

著　者　奥山 紗英
発行者　知念 明子
発行所　七 月 堂
〒一五四—〇〇二一　東京都世田谷区豪徳寺一—二—七
電　話　〇三—六八〇四—四七八八
FAX　〇三—六八〇四—四七八七
印刷　タイヨー美術印刷
製本　あいずみ製本

Futago

Printed in Japan

ISBN978-4-87944-534-6　C0092